Adrian Plass

Wenn ich einmal im Himmel bin ...

Adrian Plass

Wenn ich einmal im Himmel bin ...

... und andere Gedichte

Aus dem Englischen
von Christian Rendel

Brendow
Buch · Kunst · Verlag

Die Deutsche Bibliothek – CIP-Einheitsaufnahme

Plass, Adrian:
Wenn ich einmal im Himmel bin ... : ... und andere Gedichte / Adrian Plass.
Aus dem Engl. von Christian Rendel. - Moers : Brendow, 1998
(Edition C : C ; 515)
ISBN 3-87067-719-8

ISBN 3-87067-719-8
Edition C, C 515

Einbandgestaltung: Christina Burfeind, Hamburg
Fotos: Peter Santor, Gerhard Fries
Satz: Convertex, Aachen
Printed in Germany

Inhalt

Wann fängt die Freude an?

Mein kleines Licht wird langsam trübe,
es wird grau um mich her;
warum ist diese Dunkelheit
so süß und so schwer?
Dachte ich, du machst Witze?
Hielt ich dich für verrückt,
als du mich riefst, dir zu folgen
durch Leid und Glück?

Wann fängt die Freude an?
Wann bricht das Licht sich Bahn?
Wann kommt das Leben?
Wann wird die Welt beben?
Wann hör ich Singen
und Glocken klingen?
Wann steh ich auf mit ihm?

Alle sagen, ich soll fortgehn,
doch ich hänge an dir.
Wenn du mich wirklich kennst,
stehst du trotzdem zu mir?
Wüßte ich, wo ich hin soll,
würd ich sicherlich gehn;
jemand muß es mir sagen,
und du scheinst zu verstehn.

Wann fängt die Freude an?
Wann bricht das Licht sich Bahn?
Wann kommt das Leben?
Wann wird die Welt beben?
Wann hör ich Singen
und Glocken klingen?
Wann steh ich auf mit ihm?

Ich rühr mich nicht von der Stelle,
bleibe bei deiner Tür,
einmal mußt du mich sehen
und mich segnen dafür.
Nur für eine Sekunde,
nur ein Lächeln, mehr nicht,
nur den Blick deiner Liebe
sehn in deinem Gesicht.

Dann fängt die Freude an,
dann bricht das Licht sich Bahn,
dann kommt das Leben,
dann wird die Welt beben,
dann hör ich Singen
und Glocken klingen,
dann steh ich auf mit ihm.

Dann wirst du mich sehen,
werd ich vor dir stehen,
dann werd ich dabei sein,
dann werde ich frei sein,
wenn mein Gott mich ruft,
dann fängt die Freude an,
dann steh ich auf mit ihm.

Bin ich der einzige?

Bin ich der einzige,
der Gott,
Werder Bremen,
der *Lindenstraße*
und seinen eigenen Neigungen folgt –
meist in umgekehrter Reihenfolge?
Ich hoffe nicht.

Bin ich der einzige,
der Norman-Wisdom-Filme mag,
Bat out of Hell,
Unsere kleine Farm
und *Das Schweigen der Lämmer?*
Wahrscheinlich.

Bin ich der einzige,
der nie Autofahren gelernt hat,
es wahrscheinlich auch nie tun wird,
nicht tun will
und vielleicht den nächsten umbringen wird,
der ihn fragt, warum nicht?
Vielleicht.

Bin ich der einzige,
der seinen Wohnzimmerteppich nach größeren
Schmutzteilen absucht, bevor er ihn saugt,
und dann doch hinterher feststellt, daß das Rohr
verstopft ist mit toten Hunden,
halben Ziegelsteinen, Dornengestrüpp, Ansammlungen von
Halmamännchen,
dem größten Teil der *Sunday Times* und
sechs Pfund fünfzig in kleinen Münzen?
Ich bezweifle es.

Bin ich der einzige,
der laut mit sich selbst redet, wenn er allein ist,
dann plötzlich merkt, daß er es doch nicht ist,
sich wie ein Idiot vorkommt
und so zu tun versucht, als hätte er gesungen?
Sicher nicht.

Bin ich der einzige,
der alle Kritik haßt,
besonders die konstruktive Sorte,
weil die meistens bedeutet,
daß ich etwas ändern muß?
Ich glaube nicht.

Bin ich der einzige,
der gerne seinen Kuchen nimmt,
ihn ißt,
bis ihm schlecht wird,
und sich dann selbst bemitleidet?
Möglicherweise.

Bin ich der einzige,
der liebt und Liebe braucht
und scheitert und hinfällt und weint
und nach der Hand eines jeden greift,
der mit Starksein an der Reihe ist,
der an der Reihe ist, für mich Jesus zu sein?
Bin ich der einzige?

Fand einen Vogel

Fand einen Vogel, der nicht mehr flog,
und als ich ihn liebte,
sang er mir was vor.
Hast du jemand verloren?
Warst du jemals verzagt?
Bist du je ganz unten,
ist er dir ganz nah.

In einer Kneipe meiner wilden Zeit
gib's ein Lied in der Jukebox,
voller Traurigkeit.
Warst du jemals am Ende?
Warst du jemals verzagt?
Bist du je ganz unten,
ist er dir ganz nah.

Findest einen Weg, der voll Hoffnung scheint,
man sagt, du mußt nur glauben,
damit kommst du weit.
Doch warum, ist die Frage,
bist du noch immer verzagt?
Bist du je ganz unten,
ist er dir ganz nah.

Der die Tage machte, hat sie nicht gut gemacht,
denn die Tage gehen über
in die dunkle Nacht.
Warst du jemals einsam?
Warst du jemals verzagt?
Bist du je ganz unten,
ist er dir ganz nah.

Wenn unser Leben anders werden soll,
zahlt auch der Letzte
einen hohen Zoll.
Doch wirst du jemals müde,
bist du jemals verzagt,
bist du je ganz unten,
ist er dir ganz nah.

Wilde Abenteuer

Hätt ich mehr wilde Abenteuer haben sollen
Mein Leben frei genießen, wie ich wollte
Bevor ich Gott entdeckte und er mich erlöste
Und ich solide werden sollte?

Hätt ich mehr schimmernd weiches Haar
berühren sollen
Mehr hübsche Augen zärtlich küssen
In seidenweichen Nächten viel mehr seidenweiche
falsche Schwüre flüstern müssen?

Hätt ich mehr stille Gassen überqueren sollen
Und wissen, wenn am Abend dann
Der neue Schnee im Straßenlicht orange sich färbte
Daß einmal alles gut sein kann?

Hätt ich mich öfter stundenlang vergnügen sollen
In Bistros hinter Butzenscheiben
Und zwischen Mänteln, Schals und Mützen
harmlos plaudernd
Beim Kaffee mir die Zeit vertreiben?

Hätt ich mit ruhigerem Blick betrachten sollen
Wie dunkles Unglück sich entfaltet
Wenn Sünde, schön verpackt in glitzerndes Papier
Mit Freude lockt, bis sie erkaltet?

Hätt ich mich öfter in den Strom einreihen sollen
Der Leute um mich Tag für Tag
Und in meinen Gebeten widerhallen lassen
Was ihnen auf der Seele lag?

Hätt ich die Welt noch mehr zu lieben lernen sollen
Bevor ich ihr den Rücken kehrte
Die von den vielen Füßen in den Schnee gemalte
Und tausendfach gekreuzte Fährte?

Hätt ich mir länger Zeit und Ruhe nehmen sollen
Von fern den Glockenklang zu hören
Und über das geschaffne Königreich zu staunen
Und dann den König zu verehren?

Die Muschel

Sah eine Muschel
Reich geziert mit Perlmutt
Wartete
So lange
Das Geschöpf zu sehen
Das solch zierlichen Schutz benötigte.
Erkannte
Erst spät
Das Geschöpf war längst fort
Vermischt mit dem Meer
Trieb es in Himmel oder Hölle
Wußte sicher
Selbst nicht wo.

Abendlied

Abendlied, Dämmerungsklang
Schwerer Abschied, bleib nicht lang
Jede Nacht sich endlos zieht
Ich möchte hören dein Abendlied.

Herbstzeittage, eisiger Wind
Sommer ist dahin, ein Gebet mißlingt
Graue Strähnen in roten Haaren
Verblaßte Bilder, laß sie, wo sie waren.

Stadt am Meer, Wintertag
Leere Straßen, kalt und karg
Wellen des Trostes brechen sich
Wenn ich bete, wer hört mich?

Warten, mein ganzes Leben lang
Auf dein Gesicht, deiner Stimme Klang
Flüchtige Blicke durch den Spalt
Helle Sekunden verlöschen bald.

Abendlied, Dämmerungsklang
Schwerer Abschied, bleib nicht lang
Jede Nacht sich endlos zieht
Ich möchte hören dein Abendlied.

Der Pastor

Der Pastor, Fels der Herde, stellt
sich vor die Seinen hin
und betet: Gib, daß keiner merkt,
wie kleingläubig ich bin.

Ich schau nicht an Frau Hannemann,
die hat ihr Heil ja schon,
mein Augenmerk gilt Röschen Berg,
der Hure Babylon.

Denn Röschen, die beschämt mich nicht,
sie ist der Sünde Magd,
und sieben Teufel reiten sie –
Frau Hannemann hat's gesagt.

Oh, Röschen, laß mich nicht im Stich,
ich brauche dich immens,
du mußt ja nicht gleich Buße tun,
doch lächle wenigstens.

Es lächelt niemals der Vikar,
dazu ist er zu fromm;
er weiß, ich habe Angst, daß er
mir auf die Schliche komm'.

Er ist zwar stark, doch demütig,
und Sanftmut ist sein Werk.
Er langweilt mich zu Tode noch;
Gott segne Röschen Berg!

Ich lieb sie alle, Herr, und sag
dein Wort, so gut ich kann,
doch Glaube versetzt Berge zwar,
doch nicht Frau Hannemann.

Der Pastor setzt sich. Bricht im Himmel
sich nun der Jubel Bahn?
Nimmt sich bedingungslose Liebe
der Seele Röschens an?

Denn nachts im Studienzimmer brennt
das Feuer langsam nieder.
Wo kaltes Heil gefriert, da fließt
lebendges Wasser wieder.

Herr, lächelte sie immer noch,
wär sie zu mir gekommen,
und hätt sie trotz Frau Hannemann
dein Liebeswort vernommen?

Vom Dienen und anderen Dingen

Ich hätte gerne einen Dienst.
Wär gern ein Gottesmann.
Ich seh, wer krumme Beine hat
und rühre sie heilend an.
Ich spreche gern geheimnisvoll
mit düster-dunklem Klang.
Das Volk gebärdet sich wie toll
und betet nächtelang.

Ich hätte gern ein kleines Team
nicht mehr als drei - nun, vier –
das nur zwei höchsten Herren dient:
dem lieben Gott und mir.
Sie putzen meine Seele blank
bis alles blitzt und blinkt
und achten, daß beim Buchverkauf
das Geld im Kasten klingt.

Ich spräche gerne ein Gebet
für einen toten Mann
und säh mir an, ob wirklich er
dann wieder aufstehn kann.
Ich schick euch meinen Bettelbrief
auf prächtigem Papier

und sage euch: „Gott segne euch!
Wer Geld hat, schick es mir!"

Ich wär gern ein bescheidner Star
in unserer Christenwelt
und leitete ein Seminar
in einem nassen Zelt.

Ich hätte gerne einen Dienst.
Wär gern ein Gottesmann.
In einem bin ich mir gewiß:
Gott hat schon einen Plan.
Im Ernst! Ich möchte einen Dienst.
Ich wär sofort dabei
nähm Gott mir nur noch heute ab
die Alltagsplackerei.

Der Künstlerclub

Es trifft sich unser Künstlerclub
an jedem Donnerstag.
Es gilt kein Ansehen der Person.
Es komme, wer da mag.
Die Kosten schrecken niemand ab.
Man zahlt ein Pfund, nicht mehr.
Als Christen und als Künstlervolk
sind wir nicht elitär.

Man trifft sich zweimal monatlich.
Man zeigt sich interessiert.
Und selbst der schlimmste Schinken wird
noch freundlich kritisiert.
Seit vorigem September ist
der Club nun in Betrieb.
Die Regel heißt: „Wer kritisiert,
der tu es sanft und lieb."

Denn niemand wird die Tür versperrt.
Ihr Künstler, kommt zuhauf!
Wir nehmen jeden, der da klopft,
mit offnen Armen auf.
Geschieden ist Mrs. Leith, doch geht's
ihr für gewöhnlich gut.

Verborgen tief im Busen loht
die künstlerische Glut.
Sie malt stets „Sonnenuntergang"
ganz ohne drumherum.
Sie malt in Essig und in Öl.
Wir fragen nicht, warum.
Zu Hause hängt an jeder Wand
ihr purpurnes Gemäld,
kein Wunder, daß es Mr. Leith
schon längst sein Heim vergällt.

Miss Duncalk aus Cheyne Walk
ist bleich und ziemlich schmal.
Sie schwärmt entzückt von Carl André
und nennt ihn „epochal".
Sie füttert unsrer Wißbegier
Exzerpte großer Namen.
Sie meint, es tät uns allen gut.
Wir sagen ja und amen.
Sie ist kein unbedarfter Fan
der gleich von jedem schwärmt.
Wir hoffen, daß ihr Durchblick ihr
das kalte Herz erwärmt.

Herr Grange, der Eierhändler, ist
fast etwas ominös.
Er scherzt frivol und blickt zu tief
in fremde Dekolletés.

Er zeigt uns stets dasselbe Bild.
Sein einziges, nebstbei.
Er sagt, es wär ein „Mädchenakt",
doch ist's 'ne Schweinerei.
Doch stört es niemand, daß man weiß:
Er ist ein krummer Hund.
Denn anders als so mancher Christ
zahlt pünktlich er sein Pfund.

Mit 93 ist Herr Smee
noch lebhaft, fit und flott.
Er hatte eine Frau. Die ist
schon längst beim lieben Gott.
Er spielt die Bongos schlecht und recht
jedoch mit viel Aplomb.
Das dauert oft minutenlang.
Kopfweh kriegt man davon.
Da seufzt so mancher insgeheim:
„Ich halt das nicht mehr aus!
Ich blies dem alten Knaben gern
das Lebenslichtlein aus."

Die Schwestern Verne sind ziemlich streng
und richterlich gesinnt.
War Malcom Muggeridge z. B.
ein *wahres* Gotteskind?
Bei Wordsworth fehlt der wahre Glaub,
bei Lawrence die Moral.

Auch ist Professor C. S. Lewis
nicht evangelikal.
Picasso war ein Kleckserling
und Joyce war ein Prolet
und Dylan Thomas war ein Suff,
wie er im Buche steht.

Beim letzten Gruppentreffen ging
die Rede dann reihum:
Wir stellen unsre Werke aus
vor großem Publikum.
Beschlossen wurde folgendes:
Es zieren ab sofort
die Werke unseres Künstlerclubs
die Bibliothek am Ort.
Es öffnet unser frommes Tun
Verblendeten den Blick
und führt vor Gottes Angesicht
die Irrenden zurück.
Denn *unsrer* Hände Werke hier
sie stehen beispielhaft
für Gottes wunderbares Werk
für *Seine* Schöpferkraft!

Kricket

Ich möchte nach diesem Leben noch leben,
ich träume von einem Leben „danach“,
ich werd's bis zum letzten Atemzug schaffen
ich warte, und alle meine Sinne sind wach.
Was wäre das Leben, wär ich nicht lebendig
und wär nicht der Tod wie das Leben real?
Kein Schläger, kein Spielfeld – es wär eine Qual.
Ich schwöre, Gottvater, ich will mich nicht zieren
nur bitte, das eine gewähr mir: mein Spiel.
Ich würde auch lernen, die Harfe zu spielen.
Nur laß mir mein Kricket. Verlang ich zuviel?

In unseres Vaters Arm

Ich war ihr Mutter, die mir Mutter war
dem Körper, den ich nie gekannt
(sie kannte mich so gut! Ich war ein Kind
und alles, was mir nottat, das war sie).
Wie kläglich war sie jetzt!
Die Arme hochgestreckt – ich zog sie aus und an,
wie ein verhärmtes Kind
das keine Schande in der Schwäche fühlt
verlegen einst, doch dankbar jetzt und froh
daß ihre Müdigkeit ich lindern durfte.
Und dennoch: Brach ich weinend in die Knie
an ihrem Bett
dann war sie meine Mutter wiederum
und streckte ihre Hand aus nach dem Kind in mir
sie trocknete die Tränen mir
und hielt mich in den Armen.
So krank, so lange Zeit,
bis ganz zuletzt die Hoffnung doch verdämmerte
nach langer Tage Qual ins Zwielicht sank ...
da kam dann eine Nacht voll Harmonie
die Nacht, in der wir viele Psalmen lasen.
Ich war ihr Mutter, die mir Mutter war
und legte meine Schwester sanft
in unsres Vaters Arm.

Salz der Erde

Worte in Massen, Bücher zuhauf,
wir lesen viel und bilden uns viel ein darauf.
Wenn wir Jesus kennen, wissen wir mehr,
denn ich weiß, weiß, weiß, ja ich weiß, das Salz der Erde ist er.
Jesus, Jesus, Jesus, Salz der Erde ist er.

So viele Leute haben aufgesteckt,
weil ihr Leben ihnen nur nach gar nichts schmeckt.
Ihnen fehlt die Würze, auch ich brauche mehr,
doch ich weiß, weiß, weiß, ja ich weiß, das Salz der Erde ist er.

Jeder gibt zu allem seinen Senf dazu,
jeder hat auf alles eine Antwort im Nu
und pfeffert schlaue Sprüche um sich her,
doch wer weiß, weiß, weiß, ja wer weiß:
das Salz der Erde ist er?

Gott ist im Himmel, ist der Himmel in dir?
Hörst du seine Stimme, spürst du seine Nähe hier?
Wer Jesus schmeckt, will von ihm immer mehr,
und dann weißt, weißt, weißt du: Salz der Erde ist er.
Ja du weißt, weißt, weißt: das Salz der Erde ist er.
Jesus, Jesus, Jesus, Salz der Erde ist er.

Halleluja in meinem Hinterkopf

Ich komm mit meinen Sorgen her,
doch die Beine wolln nicht mehr,
und ich stolpere schon fast bei jedem Schritt,
denn ich weiß nicht mehr, verflixt,
macht man Bückling oder Knicks,
wenn man einen Pfingstgemeindesaal betritt?
Möchte gern darüber sprechen,
doch ich weiß, das wird sich rächen,
meine Frage geht mir nicht mehr aus dem Kopf,
doch gerade als ich sage,
Beten ist mir eine Plage,
geht mir ein Halleluja durch den Hinterkopf.

Halleluja in meinem Hinterkopf,
Halleluja in meinem Hinterkopf,
eins muß ich dir lassen, Herr,
du dringst durch zu mir
mit Halleluja in meinem Hinterkopf.

Bei den einen mußt du knien,
bei den andern Schuh ausziehen,
und die nächsten wollen, daß du richtig riechst,
Manchmal bist du nach Statut
willkommen nur mit Hut,

manchmal nur, wenn du auf allen vieren kriechst.
Mal bist du schon angeeckt,
wenn dir nur *dein* Essen schmeckt.
Fromm sein kannst du nur als wahrer Sauertopf.
Ich denke, Ei der Daus,
das halt ich nicht mehr aus,
da geht mir ein Halleluja durch den Kopf.

Sie sagen: „Mach es, wie du willst,
gib dich so, wie du dich fühlst,
hier bei uns sind wir ganz zwanglos freiheitlich.
Niemand wird dich hier verletzen,
niemand hat was auszusetzen,
wenn du alles ganz genauso machst wie ich."
Und ich hab' die Nase voll,
weiß nicht mehr, was ich hier soll;
dieser Laden ist ein viel zu alter Zopf.
Kaum hab ich mein Leid geklagt
und die Sache abgehakt,
da geht mir ein Halleluja durch den Kopf.

Bin ich krank, geht es mir schlecht,
weist mich einer gleich zurecht:
„Wär dein Glaube nicht so klein, wärst du gesund!
Darum mach's wie die Asketen,
nimm dir Stunden Zeit zum Beten
und hab immer einen Bibelvers im Mund."
Andre sagen: „Schmerz und Leid

sind des Christen reinste Freud,
wem es gut geht, der ist nur ein armer Tropf!"
Habe keinen Sinn dafür,
bin schon halbwegs durch die Tür,
da geht mir ein Halleluja durch den Kopf.

Es gibt Leute, die nicht wissen,
wo sie Gott vermuten müssen,
wenn kein Kirchturm ihnen zeigt, wo oben ist.
Jeder glaubt, er liege richtig,
alles andere sei nichtig,
jeder hofft, daß nur sein eigner Standpunkt siegt.
Ja, so ist es überall,
jeder wirft den eignen Stall
mit dem Himmelreich zugleich in einen Topf,
doch kaum sag' ich: „Ich hau ab!
Damit find' ich mich nicht ab",
da geht mir ein Halleluja durch den Kopf.

Anglikaner-Rap

Laßt uns knien, laßt uns stehn,
laßt uns heilig aussehn,
singt aus voller Kehle und klatscht in die Hand,
zieht triumphierend durch den Mittelgang im weißen Gewand.
Unsre Denomination kennt wirklich jeder Depp,
von der Isle of Wight bis zum Watford Gap
machen alle mit beim Anglikaner-Rap.
Keiner fehlt bei unserer Anglikaner-Polonaise,
greift nach der Hermeneutik und treibt Exegese!

Mach dich lang auf der Bank,
alle Schäfchen machen Schläfchen.
Bei den Pfingstlern mußt du beten,
und dann geben die Propheten
Offenbarungen in Zungen mit bizarren Auslegungen.
Laß dich nicht überlisten von den Methodisten,
und schon gar nicht den Verlorenen,
den nicht Wiedergeborenen.
Trinkst du gerne Tee im Schnee an dem Stand der Heilsarmee?
Setz dich nicht auf Sofas mit den Zeugen Jehovas,
und laß dich nicht stecken ins Baptisten-Taufbecken,
bei *uns* wirst du nicht krank in einem kalten Wassertank,
wir taufen durch drei Tröpfchen auf das
Kleinkinderköpfchen.

Theologisch folgen wir jedem neuen Trend,
weil sich's so in der Kirche um so besser pennt.
Wir sind modisch und modern,
achte mal auf die Soutanen,
was das kostet, die zu schneidern,
kann der Laie nur erahnen.
Sei ein cooler Typ, schwimme mit der Masse,
wirf dein Scherflein bei uns in die Kollektenkasse.

Laßt uns knien, laßt uns stehn,
laßt uns heilig aussehn,
singt aus voller Kehle und klatscht in die Hand,
zieht triumphierend durch den Mittelgang im weißen Gewand.
Unsre Denomination kennt wirklich jeder Depp,
von der Isle of Wight bis zum Watford Gap
machen alle mit beim Anglikaner-Rap.
Keiner fehlt bei unserer Anglikaner-Polonaise,
greift nach der Hermeneutik und treibt Exegese!

Sei ein Star am Altar, bleibe kühl im Gestühl,
sei nicht bang auf dem Gang,
denn der Schnaps is' in der Apsis,
schwing 'ne Keule an die Säule,
mach 'ne Welle in der Kapelle,
schick den Hansel auf die Kanzel,
Meister Eder ans Katheder,
den Ägypter in die Krypta und die Lore auf die Empore.
Nimm die Kerzen dir zu Herzen,

schau nicht trister als der Küster,
jag den Wurm aus dem Turm, sieh dich vor in dem Chor,
singe Psalmen unter Palmen, geh der Orgel an die Gorgel,
wisch' das Haar vom Talar, häng' die Socke an die Glocke.
Manche von uns können kaum laufen vor Kies,
und viele sehen aus wie Edward Heath
(und das sind nur die Ladies).
Anglikaner auf dem Kirchgang sind immer in Hetze,
alle wolln als erste dasein für die hintersten Plätze.
Wir sind offen, wir sind weit, wir sind sehr verträglich,
sei es Guru oder Papst, bei uns ist alles möglich.
Nur dem Chef muß man gehorchen, denn sonst gibt es Zoff,
unser Chef ist ein waschechter Erzbischof.

Laßt uns knien, laßt uns stehn
laßt uns heilig aussehn,
singt aus voller Kehle und klatscht in die Hand,
zieht triumphierend durch den Mittelgang im weißen Gewand.
Unsre Denomination kennt wirklich jeder Depp,
von der Isle of Wight bis zum Watford Gap
machen alle mit beim Anglikaner-Rap.
Keiner fehlt bei unserer Anglikaner-Polonaise,
greift nach der Hermeneutik und treibt Exegese!

Giftige Pfuhle

Wer macht die giftigen Pfuhle
im Wüstenland
so süß und kühl
Willkommene Lügen
sterbend sich zu betrügen mit Wasser auf den Lippen
Die Helden suchen ohne Gift zu sterben in der Glut
Ich tauge nicht, was mich betrifft, zum Helden, der dies tut.

Weltenbeet

Ich pflanzte auf das Weltenbeet
winzige Samen Licht,
träumte von einer Ernte, die
die Dunkelheit durchbricht.

Auf Knien arbeitete ich,
doch eine finstre Schar
umringte mich und sprach voll Hohn,
wie fruchtlos alles war.

„Die Wahrheit ist nur Finsternis,
kein Licht es jemals gab.
Niemals wird keimen deine Saat,
dein Garten ist ein Grab."

Doch unermüdlich schaffe ich,
bis nun der Same trieb;
die kalten, dunklen Blätter sind
mir wie mein Herz so lieb.

Ob bald schon wohl ein Morgen kommt,
wenn Blüten aus der Nacht
sich auftun und mit Licht erfülln
die Welt, die du gemacht?

Wie schwer, zu malen einen Traum
für Augen ohne Licht,
so trüb, daß, wenn der Morgen graut,
sie sehn ihn dennoch nicht.

Sündenbekenntnis

Mein Gewissen ist rein, ich habe noch keiner
Oma die Rente entwendet,
und noch nie das Leben eines Menschen mal eben
gewaltsam vorzeitig beendet.
Auch ist's nicht mein Stil, nur so zum Spiel
einen Sumo-Mann zu verprügeln;
trag nicht Seehund noch Nerz, quäle niemals zum Scherz
arme Tiere, da kann ich mich zügeln.

Ich werf keine Bomben in die Katakomben
der Londoner U-Bahn bei Nacht,
und schieße auch nie Polizisten ins Knie,
weil man so etwas einfach nicht macht.
Masochistischer Sex macht mich völlig perplex,
damit habe ich nichts zu schaffen.
Ich verdiene kein Geld in der Unterwelt
durch verbotenen Handel mit Waffen.

Ich beherzige gern die Ermahnung des Herrn,
nicht zu plappern wie die Heiden,
weil es beim Gebet nicht um Länge geht,
will ich mich auf Sekunden bescheiden.
Gott ist nicht erpicht auf den Zehnten, wenn nicht
wir aus freudigem Herzen geben;

da es mir nicht gefällt, mich zu trennen vom Geld,
so behalt ich es einfach eben.

Stolz auf mein moralisches Potential
soll ich sein, doch was ich gern wüßte:
Warum nur empfinde ich mich voller Sünde,
die ich dringend bekennen müßte?

Brauchte dich nicht zu sehen

Brauchte dich nicht zu sehen,
in der dunklen Nacht warst du neben mir;
brauchte nicht zu erflehen
deine Liebe zu dem Kind in mir.
Ein Lächeln im Dunkel
wärmt und blendet mich;
als ich die Augen auftat,
da lächelte auch ich, denn du warst da.

Brauchte dich nicht zu hören,
in der Stille warst du ein Teil von mir;
konnte deine Nähe spüren,
deine Liebe nahm allen Zweifel mir.
Ich wußte, daß du sagtest:
„Du kannst ganz ruhig sein,
durch Beten wächst die Freundschaft,
du warst niemals allein, denn ich war da."

Brauchte dich nicht zu halten,
ich vertraute dir, denn du sorgst für mich;
du willst mich umgestalten,
bist in allem Scheitern doch da für mich.
So mag das Dunkel kommen,
mag Stille mich umwehn,
ich spüre deine Liebe,
auch ohne dich zu sehn, und du bist da.

X

Warum hat er dann beschlossen zu sterben?

Welch ein Gipfelstürmer Jesus wohl gewesen wär,
durch die dunklen Schluchten kletterte er ganz allein
hinauf über die Wolken, wo die Luft ist klar und rein,
welch ein Gipfelstürmer Jesus wohl gewesen wär.

Warum hat er dann beschlossen zu sterben?
Warum hat er sich mit Schmerzen gequält?
Ein Leben voll Glanz
hätte er haben können;
war ich wirklich der Grund dafür, daß er anders gewählt?

Welch ein Disco-Tänzer Jesus wohl gewesen wär,
in ganz Galiläa in den Discos kreuz und quer
tanzt er auf leichten Füßen durch das bunte Lichtermeer,
welch ein Disco-Tänzer Jesus wohl gewesen wär.

Welch ein großer Filmstar Jesus wohl gewesen wär,
auf der großen Leinwand verzaubert er sein Publikum.
Berühmt sind seine Küsse, die Damen reißen sich darum,
welch ein großer Filmstar Jesus wohl gewesen wär.

Welch ein Kricketspieler Jesus wohl gewesen wär,
seine Würfe sind gefürchtet, und sein Schlag geht niemals fehl,
kaum ist er auf dem Spielfeld, schwitzt der,
der die Punkte zählt,
welch ein Kricketspieler Jesus wohl gewesen wär.

Welch ein guter Vater Jesus wohl gewesen wär,
zwischen ihm und seiner Frau die ganze Kinderschar.
Aus ihren Gesichtern strahlt etwas, das ich nie sah;
welch ein guter Vater Jesus wohl gewesen wär.

Warum hat er dann beschlossen zu sterben?
Warum hat er sich mit Schmerzen gequält?
Ein Leben voll Glanz
hätte er haben können;
war ich wirklich der Grund dafür, daß er anders gewählt?

Generationen

Ich nahm meine Tocher mit in den Park
Sie rannte ganz schnell zum Karussell
Das Karussell im Kreis sich drehte
Doch es fuhr leider nirgendwohin
Es drehte und drehte und drehte und drehte
Es drehte und drehte und drehte.

Ich nahm meine Tochter mit in den Park
Sie ist mir entschlüpft, auf die Schaukel gehüpft
Und schaukelte hoch und schaukelte tief
Doch es gab keinen Zweifel, wohin die Schaukel lief
Sie schaukelte hoch und schaukelte tief
sie schaukelte hoch und tief.

Ich nahm meine Tochter mit in den Park
Sie rief Hurra, als sie die Rutschbahn sah
Erklomm die Stufen und rutschte hinunter
Und doch ging dieselbe Sonne unter
Sie stieg nur hinauf und sie glitt nur hinunter
Stieg nur und glitt nur hinunter.

Heut gehen wir alle in den Park
Wo die Schaukeln hochgehn und wieder tief
Und niemand zweifelt, wohin die Schaukel lief
Und man steigt hinauf und gleitet hinunter
Derweil geht dieselbe Sonne unter
Über dem Karussell, das sich dreht und dreht
Und doch leider nirgendwo hingeht
Es dreht nur und dreht und dreht und dreht
Es dreht nur und dreht und dreht.

Sorge

Kein Einbrecher kam gestern nacht,
wie auch schon keiner in der Nacht davor
und allen Nächten, seit ich denken kann,
kein Einbrecher mal wieder.
Obwohl ich lauschte, so wie ich es immer tue,
haben sie wieder nicht den rostigen Riegel
an der Gartentür geölt
hinter dem Schuppen an der Seite,
und wieder hörte ich sie nicht im Hof in irgendeiner
angsterfüllten Stunde.
Es war das Ticken einer Uhr an meiner Wand,
das klang wie heimtückische Schritte, weit entfernt.
Sie schlichen nicht herein,
die blicklose Brutalität gedämpft zu leisem Flüstern,
standen nicht über mir,
mich zu bedrohn mit häßlichen Verheißungen,
berauscht vom Duft der ohnmächtigen Furcht.
Noch schnitten sie sodann mit Waffen,
die ich sanft in ihre Hände legte,
aus meinen angstgefrornen Eingeweiden
das Kind,
das sich seiner Geburt so lange nun schon widersetzt.
Sie kamen nicht.
Sie waren gestern nacht wieder nicht hier.

Und was, wenn sie nun niemals kommen?
Nächte vergeudet – hätte schlafen können.
Doch ich bin sicher, hätte ich geschlafen,
so wären die Einbrecher gekommen.
Ja, dann wären sie gekommen.

Jenny

Unser Vater im Himmel,
Jenny hat sich gestern vor einen Zug geworfen,
Geheiligt werde dein Name, dein Reich komme,
Sie war erst siebenunddreißig,
Dein Wille geschehe wie im Himmel so auf Erden,
Du wußtest, daß sie es tun würde, nicht wahr, Herr?
Unser tägliches Brot gib uns heute,
Sie hatte keine Hoffnung mehr,
Und vergib uns unsere Schuld, wie auch wir vergeben unseren Schuldigern.
Jenny hat Vergebung empfangen, nicht wahr?
Und führe uns nicht in Versuchung,
Viele von uns stehen am Rande der Dunkelheit,
Sondern erlöse uns von dem Bösen,
Deine Kraft ist alles, was wir haben,
Denn dein ist das Reich,
Und dort lebt sie jetzt,
Und die Kraft und die Herrlichkeit,
Sie gehört dir, Herr,
In Ewigkeit,
Jenny,
Amen.

Als ich ein kleiner Junge war

Als ich ein kleiner Junge war in einer kleinen Schule,
mit unendlichen Beinen und Ohren,
die schon von weitem von einem Kopf
voller Katastrophen kündeten,
als ich mit wunden Fingerspitzen brütete
über dreiunddreißig plus neun
und kognitive Dissonanz
eine schwere Rechenaufgabe war,
gab es nur zwei Verbrechen.
Das erste war Schreien auf dem Korridor,
das zweite, ein Dummkopf zu sein,
und wenn die Glocke,
die ersehnte Glocke,
mich meinen Körper heimwärts schleudern ließ,
träumte ich davon,
zumindest in der Hölle einst zu herrschen,
doch heute scheint die Glocke nie zu läuten;
ein Teil von mir
bleibt allezeit
ein Dummkopf,
der auf einem heiligen Korridor schreit.

Spiegelsaal

In dem Spiegelsaal gefangen
kann ich den Bildern nicht entfliehn
die mir doch nicht zeigen können
was schon lange ist dahin.

Tief in mir, in dunkler Ferne
kaum erreichbar meinem Blick
steht ein Kind, verwirrt und schweigend
verlassen, einsam, weit zurück.

Nur in einem einz'gen Spiegel
sehe ich in meinem Sinn
klar und ruhig das eine Bild
dieses Menschen, der ich bin.

hallo this is:

Mütter

Ich weiß noch, wie mein Vater einmal sagte
„Wenn du nicht brav bist, bringst du deine Mutter noch um den Verstand"
In jener Nacht war mir im Traum, als hätt ich es getan
Auf einem Stuhl in einer tristen Zelle sah ich sie
Nickend, grinsend, niemanden erkennend,
wirklich ihres Verstands beraubt
Allzeit verloren für das böse Kind, das sie wahnsinnig machte
Indem es böse war
Vor Grauen fuhr ich aus dem Schlaf
Im Dunkel warn meine Gedanken weiß und abgeschürft und wund
Ich mußte nach ihr rufen, um sie bei Verstand zu sehen
Und stillschweigend beschloß ich, von nun an immer brav zu sein
Und war es auch – die ganze Nacht.

Ich weiß noch, wie ich in der Schule lernte
Wie sich das Blatt der Hainbuche von dem der Ulme unterscheidet
Ich sagte meiner Mutter
„Bei Hainbuchen fängt eine Seite etwas weiter unten an, siehst du"
Sie schien so fasziniert zu sein

Und wünschte sich, das selbst einmal zu sehen
Am nächsten Tag, obwohl es draußen krachte, stürmte, regnete
Rannte ich nach der Schule in den Wald
Und suchte fieberhaft nach Hainbuchen und Ulmen
Mag sein, ich hab' geweint,
als dieses Wetter auf mich einschlug
Doch es war ohnehin so naß
Daß ich nicht wußte und nicht fragte, was auf meinen Wangen strömte
Wie würde sie sich freuen, wenn sie sah
Wie sich das Blatt der Hainbuche von dem der Ulme unterscheidet
Als ich nach Hause kam, erkältet, mußte ich ins Bett
Doch unten in der Stube standen meine Beutezweige stolz in einer Vase
Und blieben dort, bis sie schon lang vertrocknet waren.

Ich weiß noch, wie an vielen Abenden
Ich als ein junger, pickliger Rebell
Mich lange nach dem Zapfenstreich nach Hause schlich
Kein Laut, kein Licht, kein Trost für unbußfertige verlorne Söhne
Doch wenn behutsam tastend ich im Dunkel suchte
Fand ich ein Häufchen Marmite-Brote
Und etwas Kühles, Glattes, ein Glas Milch
Die meine Mutter hingestellt, weil sie, erfüllt von Gottes Leben
Mit aller Leidenschaft des Strafenden Geschenke gab
Denen, die sie jenseits von allem Tadel liebte
Marmite und Milch trösten mich heute noch.

Und ich erinnere mich noch an all den Schmerz, den meine
Mutter fühlte
In Jahren, die sie vor dem Spiegel stand und seine Lügen hörte
Über das hoffnungsfrohe Kind in ihr
Traurig
Daß soviel Fröhlichkeit verschüttet und vergeudet wurde
Vertrocknete, verloren ging
Bis endlich jener Spiegel brach und sie alleine war
Und endlich wieder wußte, wer sie war
Obwohl es Gott und ich schon immer wußten.

Streß

Ich war beim Arzt und sagte: „Helfen Sie mir, Doktor Braun!"
„Sie haben doch Tabletten!" rief er streng mit hochgezogenen Brau'n.
„Entschuldigung", sprach ich, „daß ich es wag, mich herzutraun,
die Aufputschmittel wirken nicht, sie machen mich nur down."
Dieser Prozeß,
der macht mir Streß,
ich *will* ja ausruhn, aber ich vergeß,
ich hoffe nur, es kommt nicht noch was Schlimmeres:
Ich habe Streß.

Da fahre ich, nichts Böses ahnend, auf der Autobahn,
da höre ich ein Klicken, denk: „Fängt das schon wieder an?"
Aus dem Klicken wird ein Klopfen, und ich weiß, jetzt bin ich dran.
Der Fachmann an der Tanke wiegt den Kopf und sagt: „Oh Mann!"
Dieser Prozeß,
der macht mir Streß,
ich *will* ja ausruhn, aber ich vergeß,
ich hoffe nur, es kommt nicht noch was Schlimmeres:
Ich habe Streß.

Die Zeitung schreibt, ich soll mir nichts mehr in den Magen
haun,
kein Fleisch mehr, alles viel zu fett und schwierig zu verdaun,
das Gift in unsrer Nahrung kann den Appetit versaun,
hätt ich nicht Kohldampf, würde ich mich gar nicht essen traun.
Dieser Prozeß,
der macht mir Streß,
ich *will* ja ausruhn, aber ich vergeß,
ich hoffe nur, es kommt nicht noch was Schlimmeres:
Ich habe Streß.

Voll selbstgerechter, zorniger Terroristen ist die Welt,
und täglich hört man irgendwo von einer Bombe, die zerschellt;
und wird dann einer von den Kerlen vor Gericht gestellt,
sagt er: „Doch mein Motiv war gut, und das alleine zählt."
Dieser Prozeß,
der macht mir Streß,
ich *will* ja ausruhn, aber ich vergeß,
ich hoffe nur, es kommt nicht noch was Schlimmeres:
Ich habe Streß.

Bewaffnet stehen Ost und West sich feindlich gegenüber,
ich schlafe kaum vor Angst, bald ist's mit dieser Welt vorüber;
vielleicht wär ich nicht so genervt, wär ich ein Waffenschieber,
doch dazu hab ich leider nicht das nötige Kaliber.
Dieser Prozeß,
der macht mir Streß,
ich *will* ja ausruhn, aber ich vergeß,

ich hoffe nur, es kommt nicht noch was Schlimmeres:
Ich habe Streß.

Ich brauch jemand zum Reden, doch ich finde leider keinen,
weil alle, die ich anruf, dringend wegzumüssen scheinen.
Und wenn ich sie erwisch, heißt es:
„Hör endlich auf zu weinen,
du bist viel zu neurotisch!" – Weiß gar nicht, was die meinen!
Dieser Prozeß,
der macht mir Streß,
ich *will* ja ausruhn, aber ich vergeß,
ich hoffe nur, es kommt nicht noch was Schlimmeres:
Ich habe Streß.

Heut nacht ist keine Zeit

Fühlst du manchmal in der Nacht
– jeder braucht einen Freund –
einsam dich und leer, wer hilft dir?
Liegst du manchmal wach und sehnst dich,
daß der Morgen kommt,
nimmst dir vor, einen Freund zu finden?

Doch heut nacht ist keine Zeit,
ich wüßte auch gar nicht, wie;
niemand hat mich je gelehrt,
wie man Gefühle zeigt;
abends, wenn ich schlafen geh,
wünsch ich mir einen Freund,
jeder braucht einen Freund,
jeder muß wissen, daß es Liebe gibt.

Spürst du manchmal, wenn du gehst
– wer hat das All gemacht? –
ein seltsames Gefühl; wo ist er?
Bleibst du manchmal stehn und denkst,
vielleicht hat er mich berührt?
Vielleicht sag ich irgendwann, ich lieb ihn.

Macht dein Tag dir manchmal Angst
– geht er denn nie vorbei? –
Weitergehn fällt so schwer, wozu nur?
Und dir fällt kein Grund mehr ein,
der Nacht entgegenzugehn,
brauchst jemand, der dir sagt, ich dank dir.

Telefongespräch

(Nimmt Hörer ab und wählt Nummer)

Tag, Jesus – komm heut nicht vorbei.
Ich hab zuviel zu tun.
Vor heut spätabends komme ich
bestimmt nicht aus den Schuhn.
So viele brauchen mich, ich kann
nicht alle warten lassen.
Tja! Sieht so aus, als würden wir
uns wieder mal verpassen.

Dienstag? Ja, schon, das ginge, doch
der Mann von gegenüber
sieht, find ich, ziemlich fertig aus;
nach dem seh ich mal lieber.
Ein Freund in Not, davor kann man
die Augen nicht verschließen.
Komm morgen lieber nicht vorbei,
soll ich ihn von dir grüßen?

Am Mittwoch ist hier Bibelkreis,
am Donnerstag muß ich weg.
Freitag? Da hab ich Gäste hier
zu Wein und Salzgebäck.

Am Samstag ist Missionsbasar,
da komm ich nicht vor sieben.
Nein, das Beste wird wohl sein,
wenn wir's auf Sonntag schieben.

(Pause – legt beinahe auf, überlegt es sich dann anders.)

Du, Jesus? Willst du überhaupt
noch etwas von mir wissen?
Ich hab mich eingekerkert und
den Schlüssel weggeschmissen.
Ich weine in der Dunkelheit
und warte hier auf dich;
will hören, was du denkst und willst.
Bitte komm, besuche mich.

Das wirkliche Problem

Am Sonntag geht's chaotisch zu,
da staunen selbst die Engel.
Die Mama rennt mit Socken rum,
der Papa schreit: „Ihr Bengel!"

Und Mama sagt: „Sei du ganz still,
gib nicht die Schuld den Kindern!
Und komm jetzt endlich aus dem Bett,
sonst tret ich dir in'n Hintern!"

Sie beide sind sehr fromme Leut,
das sind wir allesamt.
Wenn Mama „Lieber Himmel" sagt,
sagt Papa: „Oh verdammt!"

Kaum sind wir in der Kirche dann,
geschieht was Sonderbares,
denn aller Streit ist beigelegt
im Schatten des Talares.

In der Gemeinde sind die zwei
ein Herz und eine Seele.
Von ihrem Streit merkt keiner was,
solang ich nichts erzähle.

Zu Mama und zu Papa kann
man leicht Vertrauen fassen,
und es gibt viele, die sich gern
von ihnen raten lassen.

„Des Christen Freiheit", sagen sie,
„soll niemand untergraben!"
Doch was ist Freiheit, frag ich mich,
wenn's das ist, was sie haben.

Papa liebt Versammlungen,
er läßt nie eine aus;
die Paulusbriefe, die studiert
er bald tagein, tagaus.

Doch Mama sagt: „Für mich ist hier
das Christenleben grau.
Der Paulus hat gut reden, denn
der hatte keine Frau."

Einmal war Mama drauf und dran,
den Papa zu verlassen.
Doch Papa lachte nur voll Hohn:
„Das könnte dir so passen!"

Dabei glaub ich, sie lieben sich
trotz aller Streitgelüste,
und die Gemeinde würde wohl
gern helfen – wenn sie's wüßte.

Der Traum, etwas Besonderes zu sein

Und in der Sommersonne
glaubtest du, was man dir sagte,
denn so ist es, wenn man klein ist,
das Vertrauen wärmt von innen
wie ein Knäuel Sommersonne
in der Mitte deines Körpers,
du bist sicher, daß es niemals
kälter wird.
Doch vorbei fliegen die Tage,
und dich quälen schon die Schatten
in den Herzen und Gesichtern
derer, denen du vertrautest,
als sie Sonne dir versprachen,
und du spürst den Winter schon,
hast dich geirrt.
Und der Traum, etwas Besonderes zu sein,
schwebt davon, zurück bleibt nichts als grauer Schein.
Und wie gern du dir erträumtest
den vollkommenen Geliebten,
der mit starker, sanfter Liebe
deinen Geist berühren würde
durch Verstand und Herz und Körper;
seine Zärtlichkeit verhieße,
daß an jedem Tag

die gleiche Freude gleißt.
Doch dann packen dich die Ängste,
wenn ein Mann, der nett zu sein schien,
mit den Händen deine Schultern
faßt und viel zu fest umklammert
und dein Alter wissen will,
nicht, wie du heißt.
Und der Traum, etwas Besonderes zu sein,
schwebt davon, zurück bleibt nichts als grauer Schein.
Und ein Freund, der dich am besten
kennt, du triffst ihn immer freitags,
und du sagst ihm, daß die Arbeit
dir nicht liegt, die du verrichtest,
doch du trinkst, sagst: „Keine Sorge,
denn ich hab schon neue Pläne,
und daß ich noch lange warte,
glaub ich kaum.
Das wird wie der Blitz einschlagen,
wenn mein Abenteuer anfängt
und die heimlichen Talente
endlich nun zutage treten!"
Dann siehst du des Freundes Lächeln;
er belächelt jeden Freitag
deinen Traum.
Und der Traum, etwas Besonderes zu sein,
schwebt davon, zurück bleibt nichts als grauer Schein.
Und auf Partys lehnst du lässig
in der Küchentür und schwafelst

einem wohlerzognen Mädchen
beide Ohren voll mit Blödsinn,
und du siehst schon, wie sie Ausschau
hält nach irgendeinem Fluchtweg
und nur lauert, wie sie dir
entkommen mag.
Und du schenkst dir noch was ein,
nährst die alten Leidenschaften,
denkst an all die Mißerfolge,
und jetzt wünschst du dir, du hättest
deine Eitelkeit nicht immer
mit Rosinen überfüttert
Tag für Tag.
Und der Traum, etwas Besonderes zu sein,
schwebt davon, zurück bleibt nichts als grauer Schein.
Und der alte Eammon Andrews,
er kommt lächelnd um die Ecke,
einen dicken roten Wälzer
unterm Arm, gefolgt von Leuten,
die „Wir lieben dich doch" rufen.
Warum ist das diesen Heuchlern
nicht schon früher eingefallen?
Da war keiner!
Doch als er dann auf dich zugeht,
weißt du, es spielt keine Rolle,
es ist nur ein Weg, das alte
Spielchen wieder zu verlieren,
denn der Name auf dem Wälzer,

eingeprägt in goldnen Lettern,
ist nicht deiner.
Und der Traum, etwas Besonderes zu sein,
schwebt davon, zurück bleibt nichts als grauer Schein.

Amen

Als frisch Bekehrter sprach ich: Herr, schenk reinen Wein mir ein:
Sag mir, was ich erleiden muß, will ich dein Jünger sein.
Er sprach: Kann sein, man schlägt dich, kann auch sein,
man tötet dich.
Willst du mir trotzdem folgen? Ich sprach: Amen! – glaub ich.
Ich glaub, Amen, Amen, glaub ich, ich glaub, ich sag Amen,
ich bin mir nicht ganz sicher, laß uns das nochmal durchgehn:
Du sagst, kann sein, man schlägt mich, kann auch sein,
man tötet mich?
Nun ja, Herr, hört sich prima an, ich sag Amen – glaub ich.

Doch Herr, sprach ich, es muß doch auch noch andre Wege geben,
denn frei heraus, mir wär es lieb, ich könnt noch etwas leben.
Nun ja, sprach er, wie wäre es mit Schande, Spott und Hohn?
Willst du mir trotzdem folgen? Ich sprach: Amen! – glaub schon.
Glaub schon, Amen, Amen, glaub schon, glaub schon, ich sag Amen,
ich bin mir nicht ganz sicher, laß uns das nochmal durchgehn:
Du sagst, ich könnte auf mich nehmen Schande, Spott und Hohn?

Nun ja, Herr, mein Entschluß steht fest, ich sag Amen! – glaub schon.

Ich dachte nach, versuchte dann noch einen andren Trick
und sprach: Die Bibel sagt, ein Christ erlebt viel Freud und Glück.
Stimmt, sprach er, Freude brauchst du auch in allem Leid und Sorgen,
willst du mir trotzdem folgen? Ich sprach: Amen! – ab morgen.
Ab morgen, Herr, da sag ich es, da sage ich Amen,
ich muß mich vergewissern, laß uns das nochmal durchgehn:
Du sagst, die Freude brauche ich in allem Leid und Sorgen?
Nun ja, Herr, jetzt hab ich's kapiert, ich sag Amen
– ab morgen.

Er sprach, was ich dir geben will, ist keine Einladung
auf einen Happen Heil und eine Tasse Heiligung.
Ich will nicht nur ein bißchen, sondern alles, was du bist,
nun sag, willst du mir folgen? Ich sprach: Amen! – und tschüß!
Es tut mir leid, Herr, sagte ich, doch ich verlasse dich,
ich glaube, Religion ist nichts für einen Mann wie mich.
Er sprach: Das kann ich gut verstehn, vergiß die Religion
und sag mir: Bist du Manns genug, zu leben wie mein Sohn?

Bist du Manns genug, die Not zu sehn, und Manns genug, zu geh'n,
Manns genug, für die zu sorgen, die im Abseits stehn,
Manns genug, zu sagen, was doch keiner hören mag,

und einsam in Gethsemane zu wachen bis zum Tag?
Und höre! Bist du Manns genug, zu dulden, wenn am Schluß
du heimtückisch verraten wirst durch eines Freundes Kuß,
bist du Manns genug, um ohne Laut zu gehn in dein Verderben,
wenn Nägel dann dein Fleisch durchbohrn – bist du Manns genug, zu sterben?
Manns genug, den Schmerz als Krone dir aufs Haupt zu setzen,
Manns genug, um die zu lieben, die dich so verletzen?
Bist du Manns genug, um mir zu folgen?
Wenn nicht, dann magst du gehn.
Ich sprach: O Herr, ich habe Angst, doch ich sagte auch Amen.
Amen, Amen, Amen, Amen; Amen, Amen, Amen,
ich sprach: O Herr, ich habe Angst, doch ich sagte auch: Amen.

Nathan-Rap

Es war Abend im Palast, als der Prophet erschien,
schon an seiner Miene sah man ein Gewitter aufziehn,
eine Weile stand er still wie ein Schatten in der Tür,
bis der König sagte: „Nathan! ... Was machst du denn hier?"
„David", sagte der Prophet, „ich erzähl dir 'ne Geschichte."
Und der König saß und lauschte in dem trüben Dämmerlichte,
während, Nathan, der Prophet, mit hartem Blick begann,
zu erzähln von einem gnadenlosen, bösen Mann.

„Dieser Mann", sprach Nathan, „hatte Gold wie Sand am Meer,
wohl der reichste Mann weit und breit im Land war er;
wenn er etwas wollte, machte er sich keine Gedanken,
weil er sich ja alles leisten konnte ohne Schranken!
Doch zufrieden war er nicht, er wollte auch noch das,
was ein armer Mann aus seiner Nachbarschaft besaß.
Daß es falsch war, wußte er, doch er scherte sich nicht drum."
„Seinen Namen!" rief der König, „den Kerl bring ich um!"

Der Prophet fuhr fort: „Es ging nur um ein kleines Lamm,
doch er sah es, und er nahm es sich und spürte keine Scham.
Dabei wußte er, wie sehr der Mann an seinem Lämmchen hing,
und er wußte, daß es ihm ein Freund war, nicht irgendein Ding.
Und als nächstes nahm der Mann sich noch viel Schlimmeres
vor."

„Er soll büßen!" rief der König, schoß von seinem Stuhl empor.
„Also solln wir ihm das Handwerk legen?" fragte der Prophet.
David rief: „Gib mir den Namen! Der wird umgemäht!"

„Vorsicht", mahnte Nathan, „übertreib es nicht",
denn in Davids Augen leuchtete ein mörderisches Licht,
„vielleicht solltest du dich bemühn, barmherziger zu sein
und zu verstehn, dann wirst du ihm vielleicht sogar verzeihn."
Doch David sagte: „Ich versteh, daß Unrecht Unrecht bleibt.
Ich bin der König, der das Unrecht aus dem Land vertreibt."
Da fragte Nathan leise: „Also gibt es kein Pardon?"
Da schrie der König: „Nathan! Nenn mir seinen Namen schon!"

Da fällt ein Schweigen auf sie wie die Stille auf dem Grab,
und der Prophet kommt auf ihn zu, gestützt auf seinen Stab,
und wächst dabei, umstrahlt von einem unheimlichen Licht,
und voller Trauer blickt er seinem König ins Gesicht.
Doch David ist von Zorn entbrannt, er zieht sein Schwert und sagt:
„Ich schwöre, dieser Schurke stirbt, noch eh der Morgen tagt!
Kein Wort mehr von Barmherzigkeit; das hat er sich verdorben!"
„Du bist es selbst!" sagt Nathan – drauf ist David schier gestorben.

Väter

Wohl nichts macht einen Vater
so traurig und bedrückt
wie Kinder, die zwar nehmen,
doch geben nichts zurück.
Was nützt ihm all sein Lieben,
wenn's nicht erwidert wird,
wenn schmählich all sein Geben
nur zu Mißachtung führt?

Sie warten, daß wir denken
an sie, die uns zu Hort
und Hilfe anbefohlen
durch unsres Vaters Wort.
Und liebst du ihn, so werden
auch sie dir kostbar sein,
und sind sie eine Bürde,
ist diese Bürde dein.

Und treten einst wir alle
zur Rechenschaft vor ihn,
fliegt das, was wir erwidern,
zur Abendsonne hin.
Und so, wie wir der Wahrheit
ihren Tribut gezollt,
wird jedes unsrer Worte
zu Asche – oder Gold.

Winterspaziergang

Ich wollt, ich wär mein eigner Sohn,
der erste Mensch, der je entdeckt
das Knirschen von gefrornem Gras
neben dem arktischen Asphalt,
benetzt vom milchig matten Licht
der Wasserfarben-Wintersonne.

Ich sehe zu

Ich sehe zu
ängstlich
hilflos
doch insgeheim willentlich
wie mein Fuß sich hebt,
sich mein Gewicht nach vorn verlagert,
und ich begreife,
daß ich nun endlich
anfange zu gehen.

Blautöne

Ob wohl der Winter endet, wenn
der Promenadenzaun
am Strande frisch gestrichen wird
in hoffnungsvollem Blau?

Wenn die Flut den Strand von Brighton liebt,
hält Gott mit sanften Händen
die Brandung fest und spricht zu ihr:
„Du mußt dich heut nicht wenden"?

Ob schwere Kirchenglocken wohl
ein Läuten sich erlauben
und alle Schwere von sich tun,
wenn sie an den Frühling glauben?

Gibt es Geräte, um die Kraft
meines Gebets zu messen?
Und überhaupt und überhaupt,
wer will das denn schon wissen?

Du willst es wissen, glaube ich.
Weil ich darauf vertrau,
drum schimmert meine Traurigkeit
in hoffnungsvollem Blau.

Laß mich nahe bei dir sein

Wenn der Dampfer ausläuft
und noch im Hafen absäuft
stehn alle Schalter auf „On"
doch es gibt keinen Strom
wenn ich die Augen aufschlag
und draußen wird es nicht Tag
wenn der Fernseher streikt

und kein Bild mehr zeigt
wenn nicht mal einer so tut
als fände er mich gut
wenn ich am Ende bin
und keiner sieht auch nur hin
stellt mir das Schicksal ein Bein
und ich weiß nicht aus noch ein
laß mich nahe bei dir sein.

Laß mich nahe bei dir sein.

Wenn mich keiner mehr kennt
als wär ich nicht existent
wenn mir all der Mist
den ich rede, peinlich ist
ist mitten in der Not
die Telefonleitung tot
und mein frommes Geschwätz
andere nur verletzt
kommen Gefühle nicht mehr
dem Verstand hinterher
und die Haut meiner Hand
ist so trocken wie Sand
mutterseelenallein
am Ende mit dem Latein
laß mich nahe bei dir sein.

Laß mich nahe bei dir sein.

Herrscht das Schweigen ringsum
und die Sänger sind stumm
stehen wir hier im Licht
und der Kampf lohnt sich nicht
fühle ich mich erkannt
bis tief in den Verstand
gibt es niemanden, der
für mich Sündenbock wär
warte ich auf das Wort
das mich trägt von hier fort
doch ich traue mich nicht
aufzuschweben ins Licht
wenn vor Tränen und Weh
ich den Himmel nicht seh
wenn mir plötzlich so ist
als wüßte ich, wer du bist
dringt dein strahlender Schein
in mein Dunkel hinein
laß mich nahe bei dir sein.

Laß mich nahe bei dir sein.

Frei sein

Neu für mich,
an Jahren alt,
lernte er
Tränen bald.
Treue Liebe,
sieh mich an,
nimm mich, Liebe,
in deinen Arm.
Vollkommen los,
ein Neubeginn,
vergib meinem Herzen,
nimm es hin.
Friede nun
wartet mein,
ruh in Hoffnung,
frei zu sein.

Was machen wir mit dem Tod?

Was machen wir mit dem Tod?
Gar nichts –
Das Monster ist sorgsam verborgen
Es ist nirgendwo zu sehen im Zoo
Ein Blick von ihm, es ginge niemand mehr hin
Wir wollen nicht sterben und auch nichts vererben
Der Tod ist der Fluch unterm Leichentuch
Heut wolln wir uns nicht darum sorgen.

Was machen wir mit dem Tod?
Gar nichts –
Wir graben ihn tief hinein
Unter die Erde und hoffen, Gott werde
sich nachsichtig zeigen, sein Recht für uns beugen
Oder er wird verbrannt und flüsternd genannt
Der Schrei nach dem Traum voll Schrecken und Graun
Kein Laut könnte einsamer sein.

Was machen wir mit dem Tod?
Gar nichts –
Wir meiden sogar schon das Wort
Er ist verschieden, weilt nicht mehr hienieden
Sie ist heimgegangen, so heißt es voll Bangen
Er ist verblichen, seine Zeit ist verstrichen.
Ein vergifteter Speer, der von innen her
Uns mit Furcht füllt, wenn er uns durchbohrt.

Was machen wir mit dem Tod?
Gar nichts –
Doch einst, als die Zeit sich gewendet
Gab ein Sieger sein Leben voll Schmerzen und Beben
Unsre Schuld er trug, eine Schlacht er schlug
Doch das Kreuz war sein Sieg, denn er kehrte zurück
Und sein Tod durchschneidet das Band, wir sind frei
Durch das Werk, das Jesus vollendet.

Wenn ich einmal im Himmel bin

Wenn ich einmal im Himmel bin,
sag mir, daß ich dort Drachen steigen lassen darf,
die Art, die man angeblich steuern kann,
obwohl es mir nie recht gelang.
Die Art, die kreist und kreist und kreist und kreist,
dann sinkt und taucht und stirbt,
und wieder steigt und wieder kreist,
und taucht und stirbt und wieder sich erhebt,
ich liebe solche Drachen.

Wenn ich einmal im Himmel bin,
sag mir, daß ich dort gute Freunde treffen darf
in altenglischen Pubs voll Eichenholz,
umgeben von den sanften Sussex Downs,
daß Sommerabende gemächlich an die Ufer
jenen vertrauten kleinen Inseln plätschern,
auf denen Schweigen oder Albernheiten wohnen,
die Dinge, die man nirgends sonst gefahrlos sagen kann.
Ich liebe solche Zeiten.

Wenn ich einmal im Himmel bin,
sag mir, daß es dort Jahreszeiten voller Farben geben wird,
Mohnblumen, flammensprühend
durch greises Gelb, lebendiges Grün,
und bittre Traurigkeit des Herbstes, die mich stets zum
Weinen brachte
um das, was enden muß.
Um Winterfeuer, lodernd wie gefangne Sonnen,
die kalt und grau sind, wenn der Morgen kommt.
Ich liebe diesen Lauf der Jahreszeiten.

Wenn ich einmal im Himmel bin,
sag mir, daß es dort endlich Frieden geben wird,
daß irgendwo auf einer Wiese, voll von Sonnenschein,
von Butterblumen voll und voll von Freunden,
du einen Strohhalm kaust und uns erklärst,
wie alles wirklich ist.
Und wenn es falsch ist, daß ich Erdenhoffnung an die Tür
des Himmels lege
oder davon zu sprechen wage,
sei meiner Torheit gnädig, lieber Herr,
ich liebe diese Welt, die du gemacht – sie alleine kenne ich.
Amen.

Ich kann dich nicht zwingen, mich zu lieben

Wenn ich wollte, könnte ich das Licht nehmen
Ein schimmerndes Blatt Papier
Es in meiner Faust zerknüllen
Und dann – wäre es Nacht
Wenn mir danach wäre
Könnte ich den Tag mit Feuer vernichten
Mir die Hände an euren verkohlten Hoffnungen wärmen
Mit der kleinsten Bewegung meines Armes
Einem Flackern meines Willens
Euch und all eure Finsternis hinwegfegen
Aber ich kann dich nicht zwingen, mich zu lieben
Kann dich nicht zwingen, mich zu lieben
Kann dich nicht zwingen, mich zu lieben
Ich kann dich nicht, werde dich nicht, kann dich nicht
zwingen, mich zu lieben.

Wenn ich wollte, könnte ich das Meer hochheben
Als wäre es ein blaugrünes Tischtuch
Verlorene, vergessene Dinge aufdecken
Ungeschriebene Geschichte
Es wäre leicht, die Gebeine wiederzubeleben
Von Männern, die nie dachten,
ihre Heimat noch einmal zu sehen
Einen Schiffbrüchigen habe ich so erweckt

Die Geschichte jener Rettung, jener Heimkehr
Könnte beweisen, daß ihr mir wichtig seid
Doch wenn ich auch ICH LIEBE DICH aufs Meer und
an den Himmel schreiben kann
Kann ich dich nicht zwingen, mich zu lieben.
Kann dich nicht zwingen, mich zu lieben
Kann dich nicht zwingen, mich zu lieben
Ich kann dich nicht, werde dich nicht, kann dich nicht
zwingen, mich zu lieben.

Ich kann ein Vater sein, ein Bruder, Hirte, Freund
Der Fels, die Tür, das Licht, der Schöpfer, Menschensohn
Immanuel, Erlöser, Geist, der Erste und der Letzte,
Löwe oder Lamm
Ich kann der Meister sein, der Herr, der Weg,
die Wahrheit, das Leben
Brot oder Bräutigam, Sohn Gottes, Ich bin, Jahwe
Retter, Richter, Grundstein, Weinstock
König der Könige, Befreier, Morgenstern
Alpha und Omega, Jesus, Rabbi, Zimmermann oder
Morgentau
Knecht, Lehrer, Opfer, Blume in Scharon
Ich kann mich – habe mich – für dich kreuzigen lassen
Aber ich kann dich nicht zwingen, mich zu lieben
Kann dich nicht zwingen, mich zu lieben
Kann dich nicht zwingen, mich zu lieben
Ich kann dich nicht, werde dich nicht, kann dich nicht
zwingen, mich zu lieben.

Rechtenachweis

Aus „Clearing away the Rubbish" (Copyright © by Adrian Plass): Wann fängt die Freude an? / Fand einen Vogel / Die Muschel / Der Pastor / Salz der Erde / Halleluja in meinem Hinterkopf / Weltenbeet / Giftige Pfuhle / Brauchte dich nicht zu sehen / Warum hat er dann beschlossen zu sterben? / Spiegelsaal / Als ich ein kleiner Junge war / Streß / Heut nacht ist keine Zeit / Telefongespräch / Das wirkliche Problem / Der Traum, etwas Besonderes zu sein / Amen / Nathan-Rap / Väter / Winterspaziergang / Ich sehe zu / Blautöne / Laß mich nahe bei dir sein

Aus „Cabbages for the King" (Copyright © by Adrian Plass)
Bin ich der einzige? / Anglikaner-Rap / Generationen / Sorge / Jenny / Frei sein

Aus „Learning to fly" (Copyright © by Adrian Plass and Ben Ecclestone, 1996, Published by Solway, Carlisle, UK.):
Wilde Abenteuer / Sündenbekenntnis / Mütter / Ich kann dich nicht zwingen, mich zu lieben

Aus „View from a Bouncy Castle" (Copyright © by Adrian Plass):
Vom Dienen und anderen Dingen / Der Künstlerclub / Kricket / In unseres Vaters Arm

Aus „An Alien at St. Wilfred's“ (Copyright © by Adrian Plass):
Abendlied / Was machen wir mit dem Tod?

Aus „The Unlocking“ (Copyright © by Adrian Plass):
Wenn ich einmal im Himmel bin